Pierre Milliez

L'Élu

Conte poétique et philosophique

Du même auteur aux éditions Books on Demand

Témoignage
J'ai expérimenté Dieu

Études
La Résurrection au risque de la Science
ou étude scientifique de la résurrection de Jésus
à partir de la Bible et des 5 linges

Jésus au fil des jours I/III de la promesse à l'an 27
Jésus au fil des jours II/III de l'an 28 à juin 29
Jésus au fil des jours III/III de juin 29 à l'an 30

Pièces à conviction du Messie d'Israël
ou étude des reliques de Jésus

La somme existentielle, I/III Le mystère de Dieu
La somme existentielle, II/III Le mystère de l'homme
La somme existentielle, III/III La divinisation de l'homme

Conte poétique et philosophique
Le petit d'homme
L'élu

Roman
Le signe de Dieu

Recueil poétique
Aux trois amours

© 2020, Pierre Milliez
Éditeur : BoD – Books on Demand,
12/14 rond-point des Champs Élysées, 75008 Paris
Impression : BoD – Books on Demand, Allemagne

ISBN : 9782322186570
Dépôt légal : Janvier 2020

**Aux blessés de la vie,
 aux blessés de l'amour,
  et à ceux qui veulent
  devenir Amour**

C'est l'histoire d'un prince.

Son nom est prince de la paix. Ce prince est le prince.

Il est de belle stature, beau comme le plus beau des enfants des hommes, plus pur que le plus pur des cristaux.

Ce prince a vu la fille qui se vautre dans la boue. Il a vu la fille et en est tombé amoureux. Comment est-ce possible ? Avec quelles yeux l'a t-il vu ? L'a t-il vu avec les yeux de l'amour ? L'amour rend-t-il aveugle ?

Le prince l'a vu. Le roi, son père, aime son fils. Il l'envoie en mission rejoindre la fille dans son monde.

Le prince quitte le royaume de son père. Il fait tout le chemin pour rejoindre le pays de sa bien-aimée.

Soudain, elle se sent vue. Mais ce regard, ce regard qui dit l'être….Mais ce regard, ce regard qui la regarde au-delà de la boue. Mais ce regard, ce regard qui la trouve belle.

Elle veut fuir loin de cette lumière, mais il lui parle avec douceur. Il lui parle avec des mots qui ne sont pas de son monde, des mots venus d'ailleurs, qui, mis ensembles, font une douce musique qui pénètre jusqu'à l'âme.

Alors, touchée par ce prince, elle veut le suivre, mais elle ne le peut pas. Elle a en effet une dette à payer pour s'être vautrée dans la boue pendant tant et tant d'années.

Alors le prince la rassure : « Ne t'en fais pas je vais payer le prix de ta dette ». Et en effet il paie, il paie le prix élevé de sa dette. Mais il l'aime, il l'aime comme on n'a jamais aimé….. Il veut être un avec elle dans un lien d'amour.

Et en payant sa dette il la blanchit, et elle devient belle. Et elle devient belle comme lui est beau. Il l'aime comme on n'a jamais aimé, et elle l'aime comme elle n'a jamais aimé.

Cette histoire n'est pas une histoire, c'est l'Histoire.

Comprenne qui pourra.

****

SOMMAIRE

L'histoire	11
L'Élu	13
L'envoyé de Dieu	15
L'avoir et la dépendance	19
L'être et les relations	29
La vie et la mort	43
La durée et le devenir	57
L'amour et Dieu	73
La pâque juive	87
Mort et résurrection	91

L'histoire

Un jour un enfant est venu parmi les pauvres. Il a grandi caché au milieu de son peuple, attendant son heure. Puis le temps de sa manifestation étant venu, il marcha sur nos routes.

Il parlait aux foules venues à sa suite. Il partageait le pain et le vin. Il dormait dans nos demeures ou sous les étoiles. Il se retirait souvent à l'écart pour prier.

La foule qui le suivait s'interrogeait sur son origine. Ses paroles étaient empreintes de sagesse. Il parlait parfois de façon mystérieuse en paraboles. Mais la poésie de ses phrases était comme une musique.

C'était l'Élu, venant au milieu du peuple élu, mais nous ne le savions pas. Il était le Verbe, la Parole faite homme. Il était le prince du royaume envoyé par son Père pour rejoindre notre monde. Il est venu nous parler de son Père et de son Royaume.

Mais un jour, il disparut de notre horizon…
Beaucoup l'on dit mort. **Mais les disciples, qui le suivaient, racontent qu'ils l'ont vu à nouveau vivant après sa mort, ressuscité le troisième jour, comme il l'avait promis.** Les disciples témoignent qu'il était alors le même dans sa présence mais différent dans son apparence. Son amour pour eux n'avait pas changé mais son corps était transfiguré.

Les disciples attestent qu'ils l'ont vu quitter notre monde dans un souffle, porté sur les ailes du vent, pour rejoindre le royaume de son Père.

L'Élu

L'Élu.

Il était jeune, beau, prophète et prince.

Il était jeune d'une jeunesse éternelle. Il était jeune comme un enfant. Il n'était plus un enfant, mais avait conservé un cœur d'enfant. Il n'était plus un enfant mais en avait gardé l'innocence.

Il était beau, le plus beau des enfants des hommes. Il était pureté intérieure que ne pouvait voiler son apparence. Il était transparent à sa présence.

Il était un prophète parlant de la part de Dieu. Il était le prophète annoncé par les prophètes. Il était venu parmi les hommes pour manifester Dieu.

Il était un prince, le Fils du Roi de son royaume. Il était l'héritier du royaume, l'image parfaite de son père. Il n'était pas de notre monde. Il était l'envoyé de son Père, le Roi. Il est venu dans notre monde pour nous parler de son monde.

Il est venu comme l'Élu de son Père, parmi le peuple élu.
Il était. Il est. Il vient.

L'envoyé de Dieu

Il y eut un homme envoyé de Dieu. Son nom était Jean. Il vînt comme un témoin, pour rendre témoignage à la lumière. Il n'était pas la lumière, mais l'aurore d'un jour nouveau. Il était le précurseur, le plus grand des prophètes, venu annoncer la venue de l'Élu.

Il parut d'au milieu du désert, vêtu de poil de chameau. Il se nourrissait de sauterelles et de miel sauvage. Il parlait dans le désert et ses paroles de vérité cheminaient portées par les vents. Voix de celui qui crie dans le désert : « Préparez le chemin du Seigneur, aplanissez ses sentiers. »

Attirés par la musique de ses mots, aux quatre vents semés, des foules alentour se rassemblèrent autour de lui.

Il leur dit : « Repentez-vous de vos péchés car le royaume des cieux est proche. »

Confessant leurs péchés, les personnes se faisaient baptiser dans l'eau du fleuve pour la rémission de leurs péchés. Et au-delà de leur corps, c'était leur être intérieur qu'il lavait.

Il leur dit : « Préparez le chemin du Seigneur. Il vient après moi, et est passé devant moi, parce qu'il existait avant moi. Moi, je vous baptise dans l'eau pour le repentir ; mais celui qui vient après moi est plus puissant que moi ; lui, il vous baptisera dans l'Esprit-Saint et le feu. »

Il y eut un roi qui se voyait sale, face à la pureté du précurseur. Il ne supportait pas de se voir tel qu'il était, devenu étranger à son enfance. Il tua le précurseur pensant se libérer de sa propre image. Mais la suppression du miroir ne change pas l'être qui s'y est reflété.

Le Fils de l'homme, qui fut avant que l'homme fut, vînt. Il vînt au milieu de ses frères pour leur parler de son Père, qui était aussi leur Père. Il était né avant les temps, mais venait habiter le temps des hommes.

Un jour une étoile vînt et se posa au-dessus de Bethléem. Elle était une lumière du ciel, mais n'était pas la lumière céleste. Cette nuit était comme les autres nuits, mais elle était différente. Cette nuit-là, une vierge enfanta un Fils. Elle l'appela Emmanuel, Dieu avec nous. Dieu était avec nous à travers cet enfant et nous ne le savions pas.

La Sagesse habita un bébé pour être un homme parmi les hommes. Elle vînt éclairer la vie des hommes. Nul ne savait d'où il venait, ni où il allait, mais il était.

Cet enfant, le bien-aimé de son Père, attendit sa majorité religieuse, l'accomplissement de ses douze printemps. Il descendit alors à Jérusalem éclairer les docteurs de la loi sur leur attente, la venue de la Lumière dans le monde.

L'Élu, l'envoyé de son père, attendit sa majorité publique, la réalisation de ses trente années. Il quitta alors la ville de sa demeure pour révéler au monde en attente la venue de la Vérité du Royaume de son Père.

Il était le nouveau prophète, le prophète annoncé par les prophètes.

Il était le roi des rois, le prince du royaume de son Père.

Il était le prêtre éternel, selon l'ordre de Melchisédech.

Il était l'Oint, prophète, roi et prêtre.

Il était l'élu, l'élu parmi le peuple élu.

Il était la Parole de Dieu, le Verbe de Dieu fait chair.

A l'aube de ses trente ans, il s'avança au milieu de son peuple.

Il parcourut la Galilée des nations et parla de choses mystérieuses.

Il fit l'annonce d'un autre monde, **d'un nouveau monde**.

La foule lui demanda : « D'où viens-tu ? »

Il disait : « Je viens d'au-delà de votre terre, de votre mer, de votre ciel. Je viens d'au-delà de tout horizon. »

Comme ils ne comprenaient pas, il ajouta : « Vous, vous êtes d'en bas ; moi, je suis d'en haut. Vous, vous êtes de ce monde ; moi, je ne suis pas de ce monde. »

Et il leur dit : « Je viens au milieu de vous pour vous annoncer le royaume de mon Père. Avec moi, le royaume de Dieu est donc arrivé jusqu'à vous. »

Un homme lui dit : « Seigneur, nous ne savons même pas d'où vous venez ni où vous allez. Nous ne connaissons pas votre royaume ni le chemin pour y aller. ».

Il lui dit : « Je suis le Chemin, la Vérité et la Vie ; personne ne va au Père que par moi. » Et il répéta les paroles du précurseur : « Repentez-vous, car le royaume des cieux est proche. »

La majorité de la foule le quitta, après l'avoir écouté, pour vaquer à ses occupations. Il y eut cependant des hommes pour le suivre dans son itinérance. Ils furent d'abord six qui avaient suivi le précurseur et s'en retrouvaient orphelins. Puis six nouveaux s'ajoutèrent pour faire douze.

L'Élu dit alors : « Est-ce que, vous aussi, vous voulez vaquer à vos affaires ? » Le grand pêcheur qui était parmi eux lui répondit : « Seigneur, à qui irions-nous ? Vous avez les paroles de la vie éternelle. Nous croyons et nous savons que vous êtes le Saint de Dieu. »

L'Élu, connaissant le cœur de ses disciples leur demandèrent : « **Qui dit-on qu'est le Fils de l'homme ?** ». Ils lui dirent : « Un des prophètes. » Et lui les interrogea de nouveau : « Et vous, qui dites-vous que je suis ? » l'un d'eux, inspiré d'en haut, prenant la parole, lui dit : « Vous êtes le Fils du Dieu vivant. »

****

L'avoir et la dépendance

L'Élu chemina à travers son pays pour rejoindre chaque homme ne faisant exception de personne.

Un matin, il pénétra sur la grande place d'une petite ville. Il s'installa sur le perron à l'entrée d'une grande maison, dominant la foule de quelques marches. Il regarda rempli de compassion les acheteurs cheminant entre les étales des commerçants et des artisans.

Il s'adressa à eux d'une voix forte : « Je vous parlerai de **l'AVOIR et de la DÉPENDANCE** »

Vous me voyez sans biens, et vous me croyez démuni, mais je suis riche d'une liberté. Je n'ai d'autre attache que celle de l'amour.

L'avoir vous tient dans le travail, la nourriture, l'habitation, les vêtements, le toujours plus. Il vous envahit, vous préoccupe. Vous pensez posséder mais en réalité vous êtes possédés par tout cela.

Un homme lui dit alors : « Mais ne devons-nous pas **travailler ?** »

L'Élu répondit :

Avant le début du temps, l'homme a voulu exister par lui-même, indépendamment de son Père céleste. Ce dernier ne pouvait, à cause de son amour pour l'homme, qu'accepter sa volonté. L'homme est devenu autonome de Dieu. Désormais l'homme doit trouver les moyens de sa subsistance…

C'est ainsi qu'il est écrit « **Tu travailleras à la sueur de ton front** ».

Ne soyez pas oisif pour ne pas devenir étranger au monde, étranger aux autres, et finalement étranger à vous-mêmes. Ne vous écartez pas du cycle de la vie.

N'oubliez pas que la paresse est la mère de tous les vices.

Que celui qui ne donne pas à la terre, ne reçoive pas de la terre. Que celui qui ne travaille pas ne mange pas non plus.

Recherchez le travail que vous pourrez accomplir avec joie, car en le faisant vous vous accomplissez.

Ne soyez pas esclave de votre travail car le travail est fait pour l'homme et non pas l'homme pour le travail. Mettez le travail à la juste place. Le travail ajusté vous fait être. La tyrannie du travail vous noie en vous submergeant.

Le travail participe à **l'achèvement de la création**. Par le travail vous communiez avec le Créateur en participant à la création. Lorsque vous travaillez vous participez à la chaîne mystérieuse de la vie, et vous vous mettez en harmonie avec le monde.

Faites le travail avec joie car vous participez à l'œuvre de Dieu.

Soumettez la création et soumettez-vous à la création. Vous ferez chanter la terre et vous chanterez avec la terre. L'écoulement des heures deviendra la musique des jours, la symphonie sur le monde.

Tout travail est futile sauf là où il y a l'**amour**. Lorsque vous travaillez avec amour, vous attachez votre être à votre être, votre être aux autres êtres, votre être à Dieu même. Lorsque vous travaillez avec amour vous réalisez l'unification des choses et des êtres car seul l'amour unit.

Travailler avec amour c'est tisser les liens de l'amour entre votre cœur et le cœur des choses et des êtres. Travailler avec amour c'est vous insuffler dans vos fabrications. Travailler avec amour c'est ne plus être seul mais vibrer avec les autres cœurs au chant de la vie.

L'Élu dit alors :

Le **travail de la matière** peut élever l'homme mais il peut aussi l'assujettir.

Quel sens a un travail où la création est absente ?

Lorsque l'artisan façonne l'objet, il participe de la création. Lorsqu'il a achevé son œuvre, elle lui restitue une partie de lui-même. Il a alors une satisfaction intérieure. Il s'accomplit en créant.

L'Élu dit :

Heureux êtes-vous dans votre **travail médico-social,** vous avez part à la guérison de Dieu. Vous soignez le corps mais c'est Dieu qui guérit. Vous soignez l'âme mais c'est Dieu qui guérit. Heureux êtes-vous car votre activité est plus qu'un travail, elle est une vocation au service de l'homme et donc au service de Dieu.

L'Élu poursuivit :

En travaillant **la terre**, soyez présent à l'âme de la terre. Mettez-vous au rythme de la terre et des saisons. Soumettez la terre et soyez lui soumis.

N'oubliez pas que vous participez de la création et à la création.

Vous travaillez la terre mais la terre vous travaille. Vous donnez à la terre et la terre vous donne. La terre produit ses fruits. Faites votre travail avec amour pour ne pas être pris par l'avidité qui conduit au gaspillage.

Faites le pain avec reconnaissance du don de la terre. Faites le pain avec tendresse pour celui qui le mangera. Faites le vin avec reconnaissance pour le don de la terre. Faites le vin avec tendresse pour celui qui le boira.

Vous faites partie de la création, mais vous êtes aussi à l'image du Créateur. En participant à la création vous faites selon le plan de Dieu.

En faisant selon la volonté de Dieu vous vous réalisez.

Puis un homme, lui dit : « Tu as évoqué le travail et la générosité de la terre, parle-nous maintenant de la **nourriture**. »

Il dit :

Ne vous inquiétez pas du lendemain, voyez les oiseaux du ciel qui ne sèment ni ne moissonnent et pourtant votre Père du ciel pourvoit à leur besoin. Combien plus valez-vous pour votre Père céleste.

Vous, vous êtes co-créateurs et participez à la création. Travaillez la terre et par la terre je pourvoirai à vos besoins.

Le blé récolté deviendra pain. Ce dernier sera plus pour vous qu'une nourriture. Il sera le fruit du travail des hommes et de mon Amour.

La terre, si on la respecte donne céréales, légumes et fruits en leurs saisons. Le don de la terre correspond à votre besoin. En prévision de l'hiver, saison du repos de la terre, la terre donne des nourritures qui se conversent. Votre Père ne vous oublie jamais.

La terre, si on communie avec elle, porte du fruit pour tous les enfants des hommes. Ne prenez à la terre que ce dont vous avez besoin. N'oubliez pas que l'avidité est un esclavage. L'avide ne peut être heureux, toujours en quête de ce qu'il n'a pas et n'a pas besoin. N'oubliez pas que l'avidité des uns fait la famine des autres.

La terre permet, si l'homme partage, de nourrir tous ses enfants.

N'oubliez jamais de nourrir aussi votre esprit de la même façon que vous n'oubliez jamais de nourrir votre corps. Car en vérité je vous le dis vous êtes autant esprit que corps.

Mais l'autre ne peut vous rassasier.

Qui pourrait vous rasassiez si ce n'est celui qui a dimension d'infini.

Un jour fatigué de longues heures de marche, l'Élu s'était assis à la margelle d'un puits.
Une femme s'avança vers lui et lui dit : j'ai **soif**.
Il posa son regard d'amour sur cette femme. Il remonta le seau, y puisa une cruche et la tendit à la femme en disant :
Cette eau est bien plus qu'un breuvage. Elle est un don du Créateur. Elle est unique car elle est chargée de mon amour pour toi.
Le tournesol a besoin de l'eau pour grandir et s'épanouir en fleur. Il a besoin également de soleil vers lequel il se tourne.
De même l'homme ne peut se satisfaire de l'eau qui n'assouvit que la soif de son corps. Il est une soif bien plus importante qui ne peut s'apaiser d'eau.

Qui pourrait vous étancher si ce n'est celui qui est Amour.

Un jour, à la tombée de la nuit, une femme s'inquiéta : « Où as-tu ton **gîte ?** »

Il répondit en disant :

Les renards ont des tanières, les oiseaux du ciel des abris mais je n'ai pas où reposer la tête. L'animal a son gîte et certains frères humains n'ont pas non plus où poser la tête.

Il s'adressa à la foule assemblée :

Votre être n'est pas fait pour vos maisons pleines de vide alors que votre frère est dehors sans toit. Votre être n'est pas fait pour vos maisons surchauffées alors que votre frère est dehors au froid.

Vos maisons ne sont pas étriquées, que vos esprits ne le soient pas non plus.

Vous habitez vos pensées cela ne vous suffit-il pas ?

Vous habitez votre corps, cela ne vous suffit-il pas ?

Mais votre vêtement de peau vous est pesant. Il exige toujours plus de futilités. Il recherche le confort d'une chaude demeure. La convoitise du confort vous anesthésie et devient votre maître. Elle vous enferme dans votre maison et en vous-mêmes.

Libérez-vous de votre enfermement.

Pourquoi vous souciez-vous de votre corps mortel plus que de votre être intérieur immortel ?

Votre présence est faite pour les grands espaces, pour la maison céleste qui n'a pas de limite.

Vous êtes le voyageur, l'éternel isolé solitaire, en quête de l'autre.

Nul ne peut se sentir chez lui s'il ne revient dans la maison de mon Père.

Un jour, dans une autre ville, il croisa un mendiant en haillon, et se tourna vers la foule qui le suivait pour lui dire :

Les hommes ont voulu s'émanciper de Dieu. Ils ont voulu s'accaparer la connaissance. Mais ils ont eu honte face à la sainte présence de Dieu. Ils ont dû fuir la présence de Dieu caché dans la **tunique de peau** donnée par Dieu.

Les grandes personnes aiment les beaux vêtements, cela leur donne de l'importance à leurs yeux et aux yeux des autres. Mais l'apparence ne change pas la réalité de l'être qui ne peut se cacher durablement ni aux autres, ni à lui-même et encore moins à Dieu.

Ils se sont fait des vêtements pour cacher leur corps mais cela ne changea pas leur être mais seulement leur apparence. Il est bon cependant de cacher une partie de votre corps pour la pudeur, ce bouclier contre l'impureté.

Mais ne vous cachez pas de la création. N'oubliez pas que la vie est dans la lumière du soleil, dans l'air que l'on respire, dans le bruissement du vent, dans le ruissellement des eaux, et dans le contact de l'autre.

La terre se réjouit au contact de vos pieds nus, l'eau coule en caresse sur votre peau, le vent écoute votre chant s'échapper en un souffle, l'air se délecte d'humer votre chevelure et le soleil voit votre être se réjouir de sa chaleur.

Soyez transparent à votre présence.

La foule l'observait avec attention.
L'Élu leur dit encore :
Gardez-vous des **dangers de l'avoir**.
L'avoir enchaîne les êtres aux choses.
Gardez-vous de toute avarice car la vie ne dépend pas des biens possédés.

Il ajouta : Ne vous amassez pas de trésors sur la terre qui pourriront ou seront dérobés. A quoi sert-il d'amasser des biens inutilisés alors que cette nuit même ta vie sera réclamée ?
Distribues tes biens aux pauvres, tu auras ainsi des avocats auprès de ton Père céleste.
L'avoir, la possession des richesses de ce monde vous empêche d'accéder à mon royaume.
Un homme ne possède rien. Tout ce qu'il a lui est prêté par le ciel. Alors donnez et vous recevrez.

Il dit encore : Ne vous inquiétez pas de quoi vous vous vêtirez. Ne vous mettez pas en quête de ce que vous mangerez ou ce que vous boirez et ne soyez pas anxieux. Votre Père sait ce dont vous avez besoin.
Qui de vous, à force de soucis, pourrait ajouter une coudée à la longueur de sa vie ? Cherchez plutôt le Royaume et tout le reste vous sera donné par surcroît.

Soyez libres de tout avoir.

Sur ces mots, l'Élu les quitta et s'isola dans la montagne pour prier.
****

L'être et les relations

Quelques temps après ils le virent redescendre de la montagne rayonnant.
Quelques philosophes discouraient sur **l'ÊTRE et les RELATIONS**.
L'Élu leur dit :
Vous êtes parce que je Suis. Je Suis est descendu parmi vous dans votre monde. Je Suis relations.
Que sont vos relations dans le mariage, avec les enfants, avec les personnes âgées, les handicapées, avec les amis ? Savez-vous être ?

Il vit au milieu de la foule des hommes encore célibataires et des femmes seules. Il leur dit :
Beaucoup parmi vous ont vocation au **mariage**.
Vous êtes nés homme et femme d'un seul être humain. Puis homme et femme, Dieu les fit. Vous n'aurez de repos tant que vous n'aurez trouvé votre absence car il n'est pas bon que l'homme soit seul.
La vie est dans le mouvement, dans la relation aux autres. La relation se conjugue à deux.
Que l'homme ne sépare pas ce que Dieu a uni. Vous êtes deux pour faire **un** dans l'unité parfaite de la relation.
Vous restez un, même lorsque vous serez séparé par l'espace ou par le temps. L'amour ne connaît ni l'espace, ni le temps.

Tu ne connais le fond marin que lorsque la mer se retire. Il en est de même de l'amour. Tu ne connais sa véritable profondeur qu'à l'instant où il se retire, qu'au moment de la séparation.

Vous êtes ensemble pour ce temps et pour l'éternité des temps.
Vous êtes deux pour faire un, non dans la fusion mais dans la complémentarité.
Soyez Un mais sans confusion ni fusion.

Sachez être seul préparant votre partition, sachez être deux jouant chacun votre partition en harmonie.
Que vos âmes vibrent en harmonie pour la symphonie de la vie.

Que vos espaces **de liberté** soient au service de votre communion. Que votre amour ne soit pas prison pour l'autre mais qu'il emplisse la coupe de son être.
Aimez-vous l'un l'autre, ne faites pas de l'amour un enchaînement mais un don gratuit mutuel.
N'étouffez pas l'autre dans une étreinte trop serrée, vous allez le dessécher au lieu de le faire croître.
Ne cherchez pas à marcher dans les pas de votre conjoint mais prenez le même chemin.
Aidez l'autre à poursuivre l'achèvement de son être, vous en serez le premier bénéficiaire ainsi que votre couple.
Tenez-vous à une saine distance comme des piliers pour maintenir solide le temple de votre amour.

Alors une femme nommée Marie-Madeleine lui dit : « **Parlez-nous de l'amour.** »

Son regard d'amour se posa sur le peuple, alors une grande paix les envahit tous.

Donner votre amour à votre conjoint, mais votre cœur, source de l'amour, donnez le à celui qui est la Vie.

Ne répudiez pas votre femme car vous vous divisez vous-même. N'épousez pas une autre femme car vous commettez l'adultère à l'égard de la première. Ne regardez pas une femme avec convoitise car vous vous pourrissez le cœur.

Ne touchez pas à votre unité, vous faites Un.

Soyez Un dans les liens de l'amour.

Le jour suivant, il vit une femme enceinte parmi la foule. Il s'avança et lui proposa de s'asseoir sur les marches à ses pieds.

L'Élu dit alors :

Heureuse es-tu d'attendre un **enfan**t car à travers toi, le Créateur nous montre qu'il ne désespère pas de l'homme.

Hélas vous enfantez dans la **douleur** car vous avez rompu l'harmonie qui existait entre le Créateur et ses créatures.

A l'origine l'être humain faisait un avec le Créateur. Puis dans l'unité, Dieu tira la femme de l'être humain et fit ainsi l'homme et la femme. Il les fit « Un » ensemble et avec lui-même. Le projet du créateur était de multiplier ensemble l'espèce humaine.

Mais l'homme a voulu s'accaparer ce pouvoir. Désormais la rupture est consommée. L'homme et la femme habiteront un vêtement de peau, notre corps, avec toutes ses infirmités, ses souffrances et sa mortalité.

Le créateur honorera cependant l'homme et la femme malgré leur rejet. A chaque conception d'un nouvel enfant par les parents, Dieu nous montre qu'il ne désespère pas de l'homme. Il dépose à chaque fois dans le corps d'enfant une présence par son souffle, un être immortel. Le corps est mortel mais l'esprit, qui habite le corps, est immortel.

Il s'approcha de femmes avec des enfants et il dit :

Vos enfants ne sont pas vos enfants. Ils ne sont ni de vous ni à vous.

Ils viennent de la Vie et vont à la Vie.

Ils sont un chaînon de la farandole de la vie, de la vie reçue à la vie donnée.

Car la Vie jamais ne s'arrête. Elle n'habite pas le temps des hommes mais un temps qui ne connaît pas de durée.

Vos enfants ne viennent de vous que pour le vêtement de peau. Ils sont habités par une présence qui vient de Dieu. Car tout être vient de Dieu qui est l'Être. Vous, vous avez l'être ; Lui, est l'Être. Vous, l'être vous est accordé pour un temps, pour une durée d'un choix.

Vos enfants sont les enfants de Dieu mais vous sont confiés pour un temps, un temps et la moitié d'un temps.

Ils sont nés de l'Amour et vont à l'amour car Dieu est Amour et l'Amour est Dieu. Ils sont les fruits de l'Amour qui donne vie. La vie leur est donnée pour qu'ils la communiquent. Ils sont parties prenantes de l'éternelle chaîne de l'amour et de la vie.

Vous ne pouvez leur donner vos pensées car ils habitent leurs propres pensées.

Il vous appartient de les couver de votre amour et de les accompagner au début du chemin de vie. Il vous appartient de les mettre debout.

Ne les faites pas comme vous mais efforcer vous d'être comme eux, car le maître n'accueille que ceux qui sont comme eux.

Ne les faites pas comme vous, car la vie va de l'avant et jamais ne s'arrête.

Ne les faites pas comme vous, car ils sont uniques, relations spécifiques au Créateur.

Ils s'éveillent à la vie avec vous puis prennent leur envol vers d'autres cieux. Ils appartiennent au souffle de l'Esprit. Et le vent souffle où il veut et tu ne sais où il va.

Il vous appartient de leur être disponible toute votre vie.

Il fut soudain épris de compassion car il savait que dans la foule des femmes souffraient de **l'absence d'enfants**.

Il dit :

Il peut exister une stérilité dans le corps mais aussi dans le cœur. Si ton corps est stérile il t'appartient d'avoir un cœur fécond pour enfanter des enfants spirituels. Car il n'y a que l'amour qui soit fécond.

Vous enfantez des enfants terrestres pour le temps de la terre, mais vous enfantez des enfants célestes pour l'éternité.

Vous n'êtes pas parents par une étreinte d'un instant mais par les liens créés. Alors l'enfant devient votre unique et vous êtes son unique. Vous êtes parents par l'enchaînement des heures bienveillantes passées auprès de vos enfants.

Alors parents ayez la patience de l'amour. Écoutez vos enfants. Ne les exaspérez pas, mais fixez leurs des limites pour leur sécurité. Apprenez leurs ainsi à gérer leur liberté dans les limites de la liberté d'autrui.

Une femme éclata alors en sanglot.

Il posa son regard de compassion sur elle, car il savait que la femme n'était plus en repos à cause d'un avortement. Il posa son regard d'amour sur la femme et elle s'apaisa.

Il dit alors :

Alors tu ne savais pas mais maintenant vous saurez.

Vous avez le pouvoir d'être co-créateur avec votre Créateur. Lorsque l'homme connaît la femme, vous réalisez dès la fécondation un être terrestre avec un corps humain. Le Créateur vous honore en mettant une présence d'un être céleste dans ce corps terrestre. Vous n'êtes pas créateur mais participant avec Dieu à l'éclosion d'une vie.

Veillez sur la vie que Dieu vous confie. Veillez à cette présence d'être qui vient de Dieu.

Les enfants vous sont attachés par le temps que vous passez à leur service et l'amour que vous leur donnez.

Vous êtes attachés aux enfants par la confiance qu'ils vous font et l'amour que vous en recevez.

Votre vie a du sens quand vous entrez dans le plan du Créateur.

Il baissa ses yeux sur chaque personne de cette foule. Il toucha de ses yeux des **handicapés** qui se tenaient devant lui. Il rejoignit de sa présence des **vieux** qui étaient pour certains debout pour d'autres assis.

L'Élu leur dit :

Ne regardez pas l'autre avec crainte. Vous êtes tous un « unique » pour votre Créateur.

Le véritable handicapé est l'handicapé du cœur, celui qui ne sait pas aimer.

Le véritable vieux et le vieux du cœur, celui qui ne sait pas s'émerveiller.

Nous mesurons tous à notre moi. C'est ainsi que pour nous, les jeunes sont ceux qui sont plus jeunes que nous ; les vieux sont ceux qui sont plus âgés que nous ; quelque soit notre âge.

Notre problème c'est que le corps vieillit, tandis que notre présence est intemporelle.

Je connais un homme mangé par son travail. Il est trop occupé par ses affaires.

Je connais un homme qui n'a jamais **contemplé** le monde qui l'entoure. Il n'a jamais regardé les étoiles sous la voûte céleste. Je connais un homme qui n'a jamais posé son regard sur une fleur, qui n'a jamais senti une fleur, qui n'a jamais vu une fleur se courber au vent de la plaine.

Je connais un homme qui n'a jamais regardé son frère humain. Il n'a jamais vu un pauvre sur sa route. Il ne s'est jamais inquiété de son voisin. Il n'a jamais aimé personne.

Je connais cet homme qui est vieux avant d'avoir été jeune.

Soyez émerveillé de tous vos frères en voyant leur présence unique au-delà de leur apparence.

Un jour il croisa le chemin d'un groupe d'amis.

Il leur dit :

C'est une belle chose que la véritable **amitié**.

Trop d'hommes n'ont plus le temps de se connaître. Ils vaquent à leur occupation se laissant manger leur temps, par le travail et les transports. En se faisant manger leur temps ils se font manger leur être. Ils courent après l'argent. Ils pensent vivre mais ils sont morts, morts aux autres, morts à eux-mêmes mais par-dessus tout morts à la présence de leur Père.

Oh peuple de mon cœur écoute-moi :

La vie est dans la relation à l'autre. L'essentiel est de créer du lien entre frères d'humaine destinée.

On n'aime que les choses que l'on comprend. Pour comprendre il faut connaître. On ne connaît que les choses qu'on apprivoise. Pour apprivoiser il faut du temps.

N'ayez pas peur des silences car dans le silence votre cœur écoute son cœur.

Dans vos relations, vous semez votre temps et votre écoute. Vous moissonnerez l'existence dans le cœur d'un frère et sa reconnaissance.

Quand vous vous éloignez réjouissez-vous car vous comprenez que l'autre est unique et qu'un simple coup de vent peut l'emporter. Si tu apprivoises ton frère, vous aurez besoin l'un de l'autre. Tu seras pour lui unique au monde. Il sera pour toi unique au monde. Il devient ton unique comme chaque humain est unique dans le cœur de Dieu.

Quand vous vous séparez, réjouissez-vous car votre amour de l'autre s'éclaircit en son absence. Car l'amour cherche la révélation de l'autre au-delà de l'image de sa présence. Il cherche la présence de l'autre au-delà de ses apparences.

Un écrivain lui dit : « **On ne voit bien qu'avec le cœur. L'essentiel est invisible pour les yeux** ».

L'Élu répondit :

Et moi je vous dis : on ne connaît que ce que l'on aime et on aime que ce que l'on connaît. L'amour va au-delà des sens limités et des apparences. L'amour est une présence qui se révèle mutuellement à une autre présence.

Il ajouta : C'est la durée et la qualité du temps passé avec l'autre qui te fait le connaître. Connaître, c'est aller au-delà d'une apparence donnée par les sens pour rejoindre une présence donnée par le cœur.

C'est le temps que tu as passé avec l'autre qui fait l'autre si important pour toi. Tu deviens alors responsable pour toujours de ce que tu as connu.

Ce qui fait la beauté de celui que tu apprivoises est invisible pour les yeux. Ce que tu vois de l'autre n'est qu'une écorce. La sève, qui est la vie, est invisible pour les yeux. L'essentiel est invisible pour les yeux.

Les yeux sont aveugles, il faut chercher avec le cœur.

Moi, je connais une étoile unique au firmament, une fleur unique sur la terre, une femme unique, qui n'existe nulle part ailleurs, sauf dans ma vie.

Si quelqu'un aime une fleur qui n'existe qu'à un seul exemplaire, cela suffit pour qu'il soit heureux.

L'amour est le mystère de deux présences qui se révèlent progressivement par-delà leur apparence.

L'Élu dit à la foule qui avait convergé autour du groupe d'amis :

Gardez-vous des **dangers de l'être**.

Soyez pour votre Père et pour vos frères humains. Celui qui veut être pour lui-même est celui qui n'est pas.

Celui qui voudra devenir grand parmi vous se fera votre serviteur. Que celui qui veut être votre chef se fasse aussi votre serviteur.

L'Élu dit encore : Vous êtes le sel de la terre. Vous devez donner le goût de la vie à vos prochains car vous participez de la chaîne de la vie.

Vous êtes la lumière du monde. Qu'ainsi votre lumière brille devant les hommes.

On n'est que dans la mesure où l'on est tourné vers Celui qui Est.
On naît aux autres que dans la relation aux autres.
On n'est que dans la relation.

Il donna alors congé à la foule pour se retirer dans le secret de son cœur.

****

La vie et la mort

Un jour qu'il traversait une ville, il se trouva suivi par une grande foule. Il s'arrêta sur la place du marché.

Un des anciens de la cité lui demanda : « Parle-nous **de la VIE et de la MORT.** »

Il dit :

Je vous parlerai bientôt de la vie et de la mort mais quels sont vos choix entre le bien et le mal, entre le bonheur et le malheur ? Utilisez-vous votre intelligence et votre volonté, vos lois et vos jugements pour la vie ?

Et un des jeunes adultes de la cité dit : « **Oui, parle-nous du bien et du mal.** »

Il ferma ses yeux et se recueillit dans les silences de son âme.

Il dit alors :

Du bien je puis parler mais non du mal. Car le connu étant dans le sujet connaissant je ne saurai connaître le mal.

Je ne connais que les conséquences du mal. Je le lis sur vos visages et sur vos corps, et cela m'attriste. Car les conséquences du mal sont la souffrance et la mort et je vous aime.

Le bien est ce qui est, il est vie. Le mal est ce qui n'est pas, il est mort.

Vous êtes comme des graines au moment de la conception. Les graines sont invisibles. Elles dorment dans le secret de la terre. Un jour, un soleil printanier les appelle à la vie. Alors elles s'éveillent à la vie. Elles s'étirent et font poindre timidement une pousse inoffensive. Puis progressivement la plante s'affirme et se distingue. Elle devient un arbre et porte du fruit. Il est possible alors de distinguer les bonnes et les mauvaises herbes, car on juge l'arbre à ses fruits.

Ainsi êtes-vous comme des graines plantées dans le jardin de la terre. Vos premiers ancêtres ont refusé de demeurer dans le jardin de mon Père. A travers vos premiers ancêtres, c'est vous aussi qui avez refusé l'offre et vous vous retrouvez libres du Père dans le jardin de la terre. Vous avez quitté la Vie, mais vous êtes sur le chemin de la vie appelés à faire le choix entre le bien et le mal.

Le bien unit, le mal divise.

Le bien unit votre moi propre et votre moi divin.

Le mal divise votre moi propre et votre moi divin. Et cette division est une souffrance qui vous détruit et conduit à la mort.

En votre être cohabitent votre moi-divin à jamais immaculé, un moi encore humain, un moi qui n'est pas encore divinisé, un moi, qui se cherche, qui cherche sa voie pour se parfaire. Les tiges du bien et du mal sont entremêlées ensemble dans le cœur silencieux de chaque être. Les racines du bien et du mal sont l'Être et le non-être. Il ne manque rien à Dieu qui Est le Bien infini et total. Il manque tout aux êtres qui refusent Dieu. Ils leur manquent l'être et la vie. Vous êtes le lieu d'un combat titanesque entre le bien et le mal. Vous n'avez pas achevé votre unité.

Celui qui se limite à appliquer les lois dessèche son cœur.

Celui qui règle sa conduite selon les règles morales emprisonne le chant de son âme et l'empêche de prendre son envol.

Ne vous enfermez pas dans des lois et dans des règles mais laissez le chant de l'amour s'épanouir dans votre être et au-delà de votre être.

Quiconque laisse la **colère** contre son frère gagner son cœur s'empoisonne lui-même. Il perd la paix en son être pour une division intérieure qui l'autodétruit. La colère conduit au souhait du mal pour l'autre et en retour pour soi. Le mal conduit à la mort pour l'autre et pour soi.

Soyez en paix avec votre prochain en le considérant supérieur à vous.

Dieu fait lever son soleil sur les méchants et sur les bons et descendre la pluie sur les justes et sur les injustes.

De même **aimez tous vos prochains** même ceux qui vous font du tord afin de devenir irréprochable aux yeux de Dieu.

Vous voulez être plus, cherchez le bien pour votre devenir.

Il s'éloigna alors de la foule, gravit une colline et se retira pour prier son Père.

Tandis qu'il descendait d'une colline sa route croisa un grabataire.

Il parla ainsi :

Toute vie se partage entre le **plaisir** et la **souffrance**.

Ne reniez pas le **plaisir** si vous n'en avez pas la force. En reniant le plaisir vous accumulez le désir, et le désir non assouvi devient tyran et consume votre être.

Canalisez le plaisir pour le mettre au service de votre esprit et de votre relation.

Le plaisir est l'épanouissement de vos désirs charnels, et non leur fruit. C'est une colline qui appelle une cime mais ce n'est pas la cime. C'est un appel à une liberté et non la liberté.

Beaucoup recherchent le plaisir comme s'il était tout et ils se réduisent à leur plaisir. L'appel du plaisir est devenu leur esclavage.

Faire du plaisir une finalité, c'est en faire son tyran, et assujettir son moi immortel au plaisir du corps mortel.

Cherchez, cherchez donc la signification du plaisir. Il n'est point la finalité. Il est le signe donné au corps pour monter à la cime de l'esprit. Il n'est que l'appel de la vie à la Vie.

Que votre corps soit l'instrument de votre âme.

Ne laissez pas à votre corps la maîtrise de ses propres penchants pour émettre les sons discordants qui abaissent l'âme vers les abîmes. Que votre esprit soit le chef de votre corps pour en tirer les sons harmonieux qui ravissent l'âme en l'élevant vers les cimes.

Voyez la fleur qui reçoit le moyen de se propager en donnant son nectar à l'abeille. Voyez l'abeille qui reçoit ce nectar pour sa vie et propage la vie de la fleur, de fleur en fleur.

La fleur et l'abeille, dans le donner et le recevoir, conjuguent la vie.

Une grande part de votre douleur vient de vous. La souffrance provient souvent d'un manque d'harmonie entre votre corps et votre âme. La douleur ne vient pas du ciel mais elle est permise. Faites de votre douleur la source de votre rédemption.

Le noyau se fend pour donner la vie sous la caresse du soleil et la bénédiction de la pluie. De même votre moi se libère de sa gangue par la souffrance transcendée. La souffrance est guidée par la tendresse de l'éternel. Il veut vous libérer de la gangue pour que vous resplendissiez au soleil de son amour.

Votre douleur libère votre entendement. Elle vous fait comprendre de l'intérieur ce que vit l'autre.

Que votre douleur soit source de compassion. Que votre plaisir soit au service de vos relations et de la vie.

Une femme dit alors : « Qu'en est-il de la **joie et de la tristesse ?** »

Il répondit :

La joie et la tristesse sont inséparables en ce monde. Si l'une est en vous, l'autre attend le moment propice pour la chasser et prendre sa place.

La joie et la tristesse balisent votre chemin et parlent à votre âme. Vous balancez entre les deux au gré de vos erreurs et de vos réussites.

Sachez que sur la terre joie et tristesse se partagent votre cœur, mais au ciel seul la joie restera car vous aurez accompli votre être.

La tristesse marque l'incomplétude de votre être. La joie est la complétude de votre être en Dieu.

Un vieillard inquiet lui dit : « Nous voudrions vous interroger au sujet de la **mort**. »

Il ferma à nouveau les yeux et descendit dans les profondeurs de son âme avant de répondre :

Le secret de la mort se trouve au cœur même de la vie.

Avec l'âge votre corps vieilli mais votre présence reste toujours jeune.

La mort n'est jamais que la mort de votre corps mais votre présence continue.

Vous abandonnez votre vêtement de peau, source de souffrance et de mort.

La mort n'est jamais qu'un changement d'état.

Votre être est libéré des contraintes du corps soumis aux lois physiques et biologiques. Votre être est libéré des limitations de la connaissance restreinte par vos sens et votre cerveau.

Dans les profondeurs de votre cœur se trouve le mystérieux appel de l'infini. Là réside, en votre espérance et vos désirs, la connaissance de l'au-delà.

Votre peur de la mort n'est pas tant le changement de votre état que la rencontre avec le Saint, l'ineffable lumière.

Le plaisir de la plante est de recevoir de la terre la sève de la **vie** et de donner son fruit. Le plaisir de l'abeille est de recevoir son nectar de la fleur et de donner son miel. Ainsi en est-il du cycle de la vie. La vie se reçoit et se donne. La vie est communication et relation. La vie jamais ne s'arrête à elle-même mais toujours va de l'avant et se communique. La vie est davantage dans cette communication dynamique inlassable entre les êtres qu'en eux-mêmes.

Le corps est un instrument pour votre âme. Mettez votre corps en harmonie avec votre âme pour participer à la symphonie céleste.

L'esprit, cette flamme en vous, si vous le laissez faire, rassemble toujours plus de vous-mêmes. Tandis que souvent vous êtes insouciants de sa croissance et pleurez la flétrissure de vos jours. L'esprit est la vie en quête de vie dans un corps qui redoute le tombeau. Mais il n'y a pas de tombe pour l'esprit.

Les montagnes sont un marchepied pour atteindre le Ciel. Et cette terre est une matrice qui enfante des dieux.

Un jour, il sut qu'il y avait quelques psychologues dans la foule qui le suivait.

Il dit alors :

Je vais vous entretenir maintenant de **l'intelligence et de la volonté, de la raison et de la passion.** »

Ne vous laissez pas gouverner par vos instincts. Car l'instinct recherche la satisfaction immédiate du corps. L'instinct est prisonnier du temps présent.

Vous, vous avez acquis la liberté de la durée en vous souvenant des temps passés et en prévoyant les temps futurs.

Prenez donc ce recul que vous donne la durée pour tenir compte que vous n'êtes pas qu'un corps. Vous avez une âme qui vous appelle à vous élever au-delà de l'instant présent pour décider dans la durée.

Vous êtes un corps et une âme et **l'intelligence et l'instinct** sont vos hôtes bien-aimés. L'intelligence vous est utile pour vous positionner dans la durée mais l'instinct n'en est pas moins indispensable pour vous sauvegarder dans l'instant présent.

L'instinct sent les choses pour votre corps. L'intuition sent les choses pour votre âme. Apprenez à les écouter.

Ne vous laissez pas gouverner par vos **passions**. Car la passion altère votre esprit et peut vous faire voir de verts pâturages au lieu d'arides déserts. La passion est prisonnière d'une vision intense limitée à l'espace de vos illusions.

Votre moi est le lieu du conflit entre votre raison et votre passion. Trop souvent votre passion dévoie votre raison et fausse votre jugement. Trop souvent votre raison étouffe votre passion et assèche votre relation.

Votre **raison et votre passion** sont le gouvernail et les voiles de votre destinée qui navigue de port en port.

Si votre gouvernail se brise vous errez au gré des vents, à la dérive. Ainsi en est-il de votre vie ballotée par vos passions qu'allument les sens. Car la passion livrée à elle-même est un feu qui consume jusqu'à sa propre extinction.

Si votre voile se déchire vous restez ancré en mer navigant immobile. Ainsi en est-il de votre vie asséchée par votre raison qu'encombrent les idées. Car la raison seule est une force qui brise tout élan.

Laissez votre passion exalter votre raison jusqu'à des hauteurs inconnues au point de faire chanter votre âme. Mais laissez aussi votre raison contrôler votre passion pour faire durer ce chant comme votre âme.

C'est dans le juste équilibre, entre passion et raison, que votre âme peut vivre ses incessantes résurrections sans se consumer à la première passion.

Vous, vous avez acquis la liberté de la pensée. Soumettez votre passion à votre intelligence. Soyez libres dans vos actes vous appuyant sur votre volonté éclairée par des motifs rationnels.

Votre **unité intérieure** et donc votre paix dépend de l'intimité de votre moi avec celui qui vous fonde.

Lorsque vous reposez à l'ombre de quelques arbres séculaires, partagez la sérénité des champs, et voyez comme Dieu se repose en sa raison. Quand l'orage vient et gronde zébrant le ciel de ses feux arrachant au temps sa sérénité, observez comme Dieu agit en sa passion.

Reposez en Dieu avec raison, car il est Immuable. Agissez en Dieu avec passion, car il est en Acte.

Le jour suivant il était dans une autre ville. Sa route croisa celle de juges qui sortaient du tribunal et il leur dit :

Vous voulez résoudre vos problèmes à coup de **lois**, destructrices de relations, en faisant un pseudo gagnant et un perdant. En agissant ainsi vous faites un perdant qui vous en voudra. Vous-mêmes ne serez qu'un pseudo gagnant. Quel gain aurez-vous en effet d'avoir perdu l'amour d'un frère ?

Résolvez vos problèmes par la connaissance, la compréhension et l'amour car alors vous serez gagnant tous les deux.

Si tu penses qu'une personne t'a fait du tord ne lui en veux pas. Ne sais-tu pas que vous avez le même Père et qu'il est donc ton frère ?

Ne garde pas de rancune en ton cœur. La rancune est un poison qui te dévore de l'intérieur. La rancune te fait perdre la paix et la sérénité.

Pardonne à ton frère car il ne savait pas ce qu'il faisait. Pardonne à ton frère pour garder l'intégrité de ton être. Pardonne à ton frère pour retrouver ta liberté. Quiconque ne pardonne pas à son frère ne sera pas pardonné. Pardonnez pour que le poison de la rancune ne vous détruise pas.

Il s'adressa ensuite à des juges.

Qui peut juger ce qu'il ne connait pas ? Et qui connait en vérité hormis le Créateur ?

Prenez garde qu'on ne vous mesure avec la mesure avec laquelle vous mesurez.

Donc ne jugez pas et vous ne serez pas jugés. Ne condamnez pas et vous ne serait pas condamnés.

Garder vous bien de juger car comme vous jugez l'on vous jugera. Si vous devez juger ayez toujours la miséricorde au cœur.

Soyez miséricordieux, comme votre Père est miséricordieux.

Le silence se fit alors et il se retira les laissant méditer. Il quitta la ville et s'isola dans les collines boisées pour retrouver la présence de son Père.

****

La durée et le devenir

Un jour l'Élu cheminait au milieu des quartiers étudiants d'une grande cité.
Il leur dit :
Votre vie est **DURÉE et DEVENIR**
Qu'en est-il de la durée et du temps ? Qu'en est-il de la durée et de la connaissance ? Qu'en est-il de la connaissance et de la liberté ? Qu'en est-il de la liberté et de l'être ? Qu'en est-il de l'être et du devenir ?

Un étudiant lui renvoya alors sa question : « Oui, qu'en est-il **de la durée et du temps** ? »
Il répondit :
Vous voudriez vous asseoir et regarder passer le temps comme les berges voient s'écouler le fleuve. Mais il ne peut en être ainsi. Vous appartenez au fleuve qui toujours change tant qu'il n'a pas rejoint l'océan de son immobilité.

Vous vouliez être libres rejetant votre Créateur même. Vous vouliez être libres et votre Créateur vous donne la durée pour exercer votre liberté. Le temps de votre vie terrestre est donné pour que vous acheviez votre être même.
Vous n'avez pas accompli votre être, il ne saurait être de votre intérêt de devenir un immuable. Les immuables ne sont pas de votre monde.
Dans le monde de mon Père les anges ont eu une connaissance suffisante pour faire un choix une

fois pour toutes. Ils sont devenus immuables après leur choix.

Le temps est donné pour que toute la connaissance ne vous soit pas donnée immédiatement.
Chacun de vos états de conscience vous permet de vous positionner pour réaliser votre destin. Vous décidez un demain parmi un champ des possibles.
Le temps qui vous est donné permet votre éducation et votre évolution.
La durée mesure votre changement.

Vous cheminez dans votre durée avec l'hier présent en vous comme un souvenir, et le demain présent en vous comme une promesse. Entre l'hier et le demain vous cheminez cherchant votre voie.
La voie qui conduit à demain est la voie de votre épanouissement ou de votre destruction. Suivez la voix intérieure qui vous parle si vous l'écoutez. La voix de votre moi divin et éternel vous indique la voie à suivre. **Je suis le chemin, car je suis celui qui Est.**
Ce qui est éternel en vous connaît l'éternité de la vie. Il vous invite à aller du temps présent qui passe vers le temps qui ne passe plus.

Dégagez du temps de l'éphémère, et recherchez la connaissance.

Un savant s'approcha de lui, traversant le groupe des étudiants qui l'entourait, et lui demanda : « Qu'en est-il de la **durée et de la connaissance**, cette quête inlassable ? »

L'Élu répondit :

La **connaissance** est l'adhésion à la **vérité**.

La vérité est. Le mensonge n'est pas.

Je suis la Vérité car je suis celui qui Est.

Ne dites pas « J'ai trouvé la vérité » mais « la vérité m'a trouvé ».

Tout Père veut rejoindre ses enfants. Dieu n'est-il pas votre Père ? Dieu, plus que tout père terrestre veut se révéler à ses enfants.

Dites « la vérité m'a trouvé, et je me suis laissé trouver par elle ». Dites « la vérité m'a trouvé et je l'ai accepté ».

Le Créateur a créé l'homme à son image, libre. Dieu vous propose la Vérité mais ne l'impose jamais. Il vous appartient de vous laisser rejoindre par la vérité de Dieu.

Vous ne pouvez accéder à la Vérité totale car vous êtes **limités** par votre matérialité. Votre matérialité vous limite par vos sens et votre cerveau. Les sens ne perçoivent que l'apparence extérieure des êtres et des choses.

La connaissance progressive vous donne la possibilité de décisions multiples et progressives. À chaque position vous choisissez, parmi des futurs immédiats potentiels, un présent déterminé. A chaque décision vous restreignez le champ des possibles.

Un chercheur lui dit : « Parle-nous de la **connaissance de soi**. »

Il répondit :

Vous progressez dans la connaissance de l'univers mais progressez-vous dans la connaissance de votre moi ?

Vous êtes la vie et le voile. La vie est la présence intérieure à votre corps. Elle ne vieillit jamais. Le voile est l'apparence extérieure de votre corps. Il vieillit toujours.

Ce vêtement de peau vous voile la présence des autres car votre connaissance est imparfaite

Moi je connais le fond des cœurs et les choses que vous cachez aux hommes. Votre Créateur connaît votre véritable moi car pour lui connaître c'est créer. Il connaît votre véritable moi car il sonde les cœurs.

Il dit encore :

Vos **pensées** ne sont pas vos pensées. Vous les captez mais elles ne sont pas de vous. Elles appartiennent au monde spirituel car elles n'ont pas de matérialité. Elles appartiennent au monde des idées et sont bonnes ou mauvaises pour vous.

Vos pensées ne sont pas vos pensées. Toutes les pensées sont disponibles. Vous les captez et les filtrez avec votre cerveau.

Rejetez les pensées mauvaises qui vous assujettissent. Retenez les pensées bonnes qui vous libèrent. Gardez les pensées qui font grandir votre être.

Chérissez les pensées qui vous préparent à la Rencontre.

Puis un professeur lui dit : « Parle-nous de la **parole**. »

L'Élu fut rempli de joie car tous voulaient l'interroger. Il répondit, disant :

Certains reçoivent la vérité en eux par révélation, la comprenne avec l'**Esprit** dans le silence de leur cœur mais ne peuvent la dire avec des mots. Ils parlent et leurs paroles déforment ce qu'ils voulaient dire car leurs paroles sont limitées et elles manquent de nuances. D'autres parlent sous l'inspiration de l'Esprit et révèlent des vérités qui les dépassent et qu'ils ne peuvent comprendre.

Souvent dans vos paroles vous affectez vos pensées. Car qui peut enfermer une pensée dans des mots ? La pensée est un oiseau des grands espaces que vous enfermez dans la cage de vos mots.

Moi, Je suis la Parole, le Verbe de Dieu, l'expression fidèle de la Pensée de mon Père. Je dis, et cela est. Lorsque je parle je dis la Vérité car je suis la Vérité. Mes paroles sont la Vérité, car ce que je dis est.

Puis un enseignant lui dit : « Parle-nous de l'**enseignement.** ».

Il répondit :

Le maître vous apprend ce qu'il connaît mais vous seul pouvez acquérir la connaissance. La connaissance est acquise quand le connu est dans le sujet connaissant. La connaissance dépend donc de la volonté du sujet connaissant. Le maître doit avant tout susciter la soif de connaître par sa foi dans le connaître et son amour de le communiquer.

Le maître de sagesse conduit votre esprit au seuil de la connaissance. Il vous reste à la faire vôtre. Même si un maître vous amène au seuil de la science vous demeurez seul dans votre liberté de franchir le seuil.

Le maître peut vous parler de sa connaissance des êtres et des choses mais il ne peut vous donner son entendement. Car l'entendement vous engage personnellement, comme des épousailles, du sujet connaissant avec l'objet de la connaissance.

Votre connaissance est imparfaite. Votre connu n'est pas l'objet de la connaissance mais une émanation imparfaite et partiel de celui-ci. Comment pourriez-vous connaître l'objet de la connaissance avec vos cinq sens limités en nombre et en plage de détection ? Comment pourriez-vous connaître l'objet de la connaissance avec votre cerveau limité en mémoire et en capacité de traitement ? Comment pourriez-vous connaître l'âme et la présence des choses et des êtres vous qui ne captez que leur apparence ?

Et un poète dit : « Parle-nous de la **beauté**. »
Et il répondit :
Vous dites :
Nous avons perçu la beauté dans l'aurore qui se lève au printemps de l'espérance. Nous l'avons observée au soleil couchant dans les derniers rayons de feu de l'été.

Nous avons vu la beauté dansant avec les couleurs automnales d'une pluie de feuilles. Nous l'avons contemplée dans le silence d'un manteau de neige sur les monts et les bois.

Le musicien peut vous interpréter et devenir la mélodie qui s'étend dans l'espace, il ne peut vous y emmener. Il vous appartient de l'écouter, de la faire vôtre, et de faire corps avec elle. Elle vous emmène alors comme l'oiseau sur ses ailes aux vastes horizons.

Même si un artiste vous amène au seuil de l'art vous demeurez seul dans votre liberté de franchir le seuil.

Et moi je vous dis :
La beauté est une étreinte.
La beauté est une révélation.
La beauté est vie quand les apparences s'effacent pour dévoiler la présence.
La beauté est une effusion quand deux êtres communient leur présence.

La beauté est une extase, un embrasement du cœur et l'enchantement d'une âme.

La beauté est une rencontre fulgurante de deux présences.
La beauté est un éclat de vérité.

Recherchez la vérité et la beauté ; la vérité et la beauté vous rendront libres.

Un philosophe l'interpela pour lui demander : « Qu'en est-il **de la liberté et de l'être ?** »

Il répondit :

L'esclavage et la liberté sont comme le néant et l'être. L'esclavage est le chemin de la néantisation de l'être. La liberté est le chemin de la divinisation de l'être. La liberté est ce qui est, l'esclavage est ce qui n'est pas.

Vous pouvez être libre dans l'être quelques soient les circonstances. Votre liberté est votre être même.

Il dit encore :

Moi j'ai fait chacun de mes enfants à mon image libre et je veux les conduire aux chemins de liberté.

Soyez vigilants, vous pouvez être esclave dans l'avoir, le faire, l'être et la relation.

L'homme qui a besoin d'**avoir** se réduit progressivement à son besoin. Il est possédé lui-même par cette quête de **possession**. Il est esclave de ses possessions.

Dieu ne l'intéresse pas car il ne peut le posséder. Pour lui, Dieu se réduit à une abstraction.

Ainsi le spéculateur est esclave de la bourse. Il est esclave de sa volonté de gagner toujours plus d'argent. L'argent le possède.

Ces hommes ne connaissent pas la liberté intérieure. Ils sont possédés par l'avoir.

A quoi cela servirait-il de conquérir le monde entier si tu ne sauves pas ta propre vie ?

Les responsables qui souhaitent avoir le **pourvoir** sur leurs frères humains sont esclaves de cette volonté. Le Roi est l'esclave de son pouvoir. Il règne sur ses sujets. Il est esclave à vouloir l'autorité sur les autres. Les politiques ont pour but le pouvoir. Où sont les hommes politiques dont le seul but est de servir ?

Le **coureur** de femmes court de corps en corps sans s'attarder à aucune présence. Il recherche à avoir le plaisir pour lui-même. Il ne donne qu'une satisfaction temporaire et immédiate aux pulsions de son corps. Mais qu'en est-il de sa présence, de son moi ? Il a rendu esclave son moi éternel à son corps mortel.

Les hommes soumis dans l'avoir (possession, pouvoir) s'enferment dans un univers où, au mieux, l'autre est **absent** et, au pire, est réduit en esclavage.

Ce n'est pas ce que vous avez qui compte mais le détachement de votre être par rapport à votre avoir.

Certains cherchent un Dieu à leur portée, un Dieu créature qu'ils peuvent posséder.

Mais qui est comparable à Dieu ?

Votre Dieu est tout ce qu'il a et n'a rien en dehors de ce qu'il est.

L'homme **activiste** dans son travail se réduit en s'enfermant lui-même dans son activité professionnelle. Pour lui ses préoccupations professionnelles occupent de plus en plus son temps et font disparaître graduellement sa famille de son champ de vision.

L'activiste ne s'intéresse pas à Dieu car il n'en a pas le temps. Pour lui Dieu se réduit à son absence.

Ainsi l'homme d'affaires est esclave de son travail. Il se fait manger par ses activités, il est esclave de sa réussite. Le risque est que cet homme en entraîne d'autres dans l'esclavage.

Le travail à la chaîne est absurde pour celui qui y est soumis. Il devient esclave de consignes établies par d'autres. Le monde du travail le prive du sens de son travail.

Il est écrit : « Tu travailleras à la sueur de ton front. » Celui qui ne travaille pas est esclave de sa paresse. Que celui qui ne travaille pas ne mange pas non plus.

Ces hommes ne connaissent pas la liberté intérieure. Ils sont possédés par l'activisme, la paresse.

Celui qui met son travail au centre de sa vie avant sa vie spirituelle et sa vie familiale s'est assujetti.

Les hommes soumis dans le faire s'enferment dans un univers où l'autre est **absent.**

Ce n'est pas ce que vous faites qui compte mais la manière dont vous le faites.

Votre Dieu fait tout par amour en un acte unique et total.

Et un activiste dit : « **Parle-nous de la liberté.** »

Et il répondit :

J'ai vu le plus libre d'entre vous en apparence dans son **être** porter sa **liberté** comme un joug.

Et mon cœur saigna et pleura.

Il se prosterne au culte de sa propre liberté sans se rendre compte qu'elle est son esclavage. Sa liberté est devenue son idole qui dévore la liberté des autres. La liberté est la plus solide de vos chaînes et elle assujettit les autres à son propre culte.

L'homme qui fait un culte à sa liberté ne s'intéresse pas à Dieu. Dieu serait pour lui une entrave à sa liberté. Pour lui Dieu n'existe pas.

Le vaniteux est l'esclave de sa **vanité**. Il souhaite être reconnu. Il est esclave à vouloir être au-dessus des autres.

Celui qui est soumis à la dictature du **paraître** ne peut pas être lui-même. Il se construit un personnage pour les autres. Il travaille son paraître au lieu de travailler son être. Les hommes soumis au paraître refusent la relation vraie aux autres. Pourquoi vous construire un personnage alors que vous n'êtes déjà, pour les autres, que l'image déformée de votre présence ?

Il dit encore :

Vous ne pouvez être libres avec au cœur un **pardon** non donné ou un désir de vengeance. L'absence de pardon pour un de vos frères humains vous ronge et dévore vos entrailles.

Certains recherchent le bavardage pour ne pas être seul mais derrière l'apparence ils sont plus seuls que jamais. Leur moi crie dans le silence de leur solitude. En vérité ils fuient leur moi qui veut les tirer vers les cimes célestes.

Vous ne pouvez être libre si vous n'avez pas la paix intérieure.

Ce n'est pas ce que vous êtes qui compte mais votre volonté de devenir à l'image de Dieu avec son aide.

Votre Dieu est tout, en lui-même, en éternité et en immuabilité.

Cessez d'**idolâtrer** votre voiture, votre confort. Arrêter de monter aux nues votre joueur préféré, votre vedette de prédilection, une personne humaine. Stoppez tout culte à votre pseudo liberté.

L'esclave s'humilie devant son tyran et le loue alors que ce dernier l'anéantit. Tout tyran règne sur le cœur de ses sujets avant de régner sur leur personne.

Tournez vos regards non vers une créature mais vers le Créateur. Ne faites pas d'un humain un Dieu. Il n'y a de Dieu que Dieu, votre Créateur.

Ne laissez cependant pas votre frère **seul** car Dieu habite sa demeure. Si vous voulez voir Dieu allez rencontrer l'homme seul et délaissé de tous.

Ce n'est pas le nombre de **relation**s que vous avez avec les autres qui compte mais l'amour en vérité que vous mettez dans ces relations.

Votre Dieu est relation d'amour.

Je connais des prisonniers entre quatre murs qui sont libres comme le vent. Je connais des hommes puissants et très mobiles qui sont esclaves de leur demain.

Certains sont libres en prison et d'autres esclaves en liberté.

Vous êtes corps, âme et esprit. Votre corps peut être enfermé dans un corps malade ou en prison et votre esprit être libre sous les grands espaces de la voûte céleste. Votre corps peut être libre d'aller mais votre esprit être englué dans la fange.

Faites la distinction entre le ressenti de liberté et la réalité de la liberté.

Ne vous attachez pas au mot. La liberté est un vécu intérieur.

La liberté vous donne d'être.

Je suis la liberté car je suis celui qui Est.

Un autre philosophe l'interpela pour lui demander : « Qu'en est-il **de l'être et du devenir ?** »

Il répondit :

L'homme est soumis au conflit entre sa réalité d'être et son aspiration d'être, entre son être et son devenir. Cette souffrance peut l'amener à la désespérance. Sans connaissance de la miséricorde de Dieu il peut se faire piéger par une recherche de fuite de sa propre réalité devenues insupportable à ses yeux. Pour vivre malgré tout en fuyant son moi il se drogue à l'herbe, à l'alcool ou autre exutoire. Ce faisant il devient esclave de son penchant.

Il dit :

« **Qu'es-ce que l'homme pour que je m'intéresse à lui ?** »

L'homme est un existant derrière son apparence matérielle. Il est habité d'une présence que n'ont pas les animaux. Il est habité d'une présence qui vient de Dieu lui-même.

La volonté d'**accomplissement** de votre être vous fait aspirer à votre moi divin. Ce désir vous porte vers le bien.

Pour quelques uns cette aspiration est un torrent impétueux qui se rue vers l'océan divin balayant toute vicissitude de la vie.

Pour beaucoup elle est un ruisseau paisible qui se perd en méandres et détours, hésitant et s'attardant, avant d'atteindre l'océan reposant après bien des pérégrinations de la vie.

Pour d'autres enfin, elle est un ruisselet qui se noie solitaire dans quelques déserts ou qui se délite collectivement dans quelques étangs nauséabonds.

Que ceux qui sont brûlés par le feu divin entraînent dans leur fougue les attardés.

Vous êtes une graine semée en terre. Vous devez grandir de la terre vers le ciel. Votre élévation se fait dans le temps par vos choix libres.

Vous marchez **ensemble**, frères humains, vers l'achèvement de votre être.

Vous êtes un maillon de la chaîne de la vie. La chaîne de la vie jamais ne s'arrête du premier homme jusqu'au dernier de la consommation des temps.

La vie vient de vos parents et va à travers vous à vos enfants. La vie s'écoule à travers le temps de génération en génération.

La vie est un accord entre Dieu et l'homme. L'homme et la femme donnent le corps biologique. Dieu fait habiter un être dans ce corps. Qui pourrait donner l'être à part celui qui est l'Être.

Dans le royaume de Dieu la vie vient de Dieu et passe à travers chacun pour se communiquer à d'autres. La vie est relation, communication, mouvement.

Je vous le dis, Dieu se révèle aux petits et aux humbles qui ont besoin de lui. Dieu ne peut s'imposer aux sages et aux prudents qui se suffisent à eux-mêmes.

Je vous le dis, en vérité, si vous ne devenez pas comme les **enfants**, vous n'entrerez point dans le royaume de mon Père.

Je suis la vie car je suis celui qui Est.

****

L'amour et Dieu

Il retrouva ceux qui l'aimaient sur les dunes en bordure de la mer.

Une femme nommée Marie lui demanda : « Que peux-tu nous dire sur **l'AMOUR et DIEU ?** »

Il dit :

Je vous parlerai du don et du pardon, de la foi, de l'espérance et de la charité. Je vous parlerai de votre relation avec mon Père et votre Père, de l'Amour qui est Dieu, et du Royaume de mon Père où je vous attendrai.

Après s'être recueilli dans le temple de son être, il dit :

Parlons du **don et du pardon** »

Et il répondit :

Que sont vos biens ? Ils ne sont pas de vous ; ils sont de votre Père céleste qui les a tirés du néant.

Pourquoi stocker vous jalousement des biens qui ne vous servent pas mais qui manquent cruellement aux autres ? Car que sont vos possessions sinon la crainte du lendemain ? Vous les gardez par peur d'en avoir besoin demain mais votre frère en a besoin aujourd'hui.

La peur de votre misère de demain est une misère pour votre aujourd'hui car elle vous ôte votre liberté.

Il y a ceux qui donnent une misère de leurs biens. Ils craignent la misère mais sont dans la misère de leur esclavage. Ils donnent dans la douleur de perdre d'eux-mêmes. Ils donnent pour susciter la gratitude. Mais quelle reconnaissance méritent-ils alors que leur bien vient de Dieu ?

Il y a ceux qui donnent largement de leur maigre avoir. Ils ont foi en la générosité de la vie et leur avoir ne se désemplit pas. Ils donnent dans la joie de gagner l'amour. Par leurs yeux, Dieu a compassion de ses enfants, et par leurs mains, Dieu secourt ses enfants.

Un jour tout ce que vous possédez sera donné car nu, vous êtes venu et nu, vous partirez.

Vous donnez peu quand vous donnez de votre superflu. Vous donnez plus si vous donnez de votre nécessaire.

Vous donnez peu lorsque vous donnez avec une motivation de reconnaissance. Que ton aumône soit dans le secret pour les hommes. Qu'elle ne soit connue que de Dieu seul. Là est ta joie.

Vous donnez bien davantage si vous donnez de votre temps par amour de l'autre.

Mais l'excellence dans le don est de se donner soi-même par pur amour ; c'est de donner sa vie pour que l'autre vive.

Vous êtes bon quand vous vous efforcez de donner de vous-mêmes mais pour **donner**, il faut d'abord **recevoir**.

L'arbre ne puise t-il pas sa subsistance de ses racines qui tètent la terre nourricière. Alors seulement, il donne de son fruit en abondance. Pour la racine recevoir est une nécessité et pour le fruit donner est une autre nécessité.

Puisez donc à la source de la vie et donnez dans l'abondance des grâces que vous recevez.

Celui qui s'occupe des autres est méprisé par les esclaves qui sont tournés sur eux-mêmes. Mais celui-là a trouvé une liberté. Il donne du sens à sa vie parce qu'il s'occupe d'autre chose que de lui-même.

On ne peut se faire d'ami si l'on reste tourné vers soi-même.

Ne soyez pas esclave de vos biens matériels. Combien vous valez plus que ces quelques peccadilles.

Donnez maintenant et n'attendez pas demain le jour de votre dénuement. Car qui donne reçoit.

Certains s'inquiètent si leur don sera **bien donné**. Les arbres ne parlent pas ainsi et donnent leurs fruits en abondance pour tout homme. Ils donnent pour vivre et se multiplier. Ils donnent pour faire vivre tant d'êtres qui se délecteront de leurs fruits.

D'autres se demandent si ceux qui recevront leur don le méritent. Mais vous-mêmes méritiez-vous d'avoir reçu ? Méritez-vous de donner ?

Celui qui mérite de recevoir de Dieu le généreux don de la vie ne peut que mériter votre petit don.

Évoquons maintenant le pardon.

Soyez pour la vie, le pardon non donné est un poison qui vous détruit lentement et surement.

Si ton frère a fauté contre toi, es-tu certain de ne pas avoir fauté contre lui ?

Remets la dette de prochain et ta propre dette sera remise.

Vous devez pardonner beaucoup car vous péchez beaucoup.

La véritable dette et la dette du manque d'amour.

Le pardon et par-dessus le don.

Le pardon est la réponse à la repentance qui manifeste l'amour.

Car en vérité c'est la Vie qui donne à la vie.

Un jour qu'il était au milieu des étudiants d'une école de théologie, sur l'invitation d'un de ses docteurs, il les interrogea : « **Qu'est-ce que la foi, l'espérance et la charité ?** »

Ces mots les laissa perplexes mais il ne laissa pas le silence devenir pesant et dit alors :
La **foi** est la disposition à croire aux vérités révélées.
La foi est l'adhésion aux vérités révélées de Dieu et transmises par l'Église.
Je Suis la Vérité. Vous avez la foi si vous croyez en moi.

L'**espérance** est la disposition à espérer la Béatitude. L'espérance est l'adhésion à Dieu en tant que fin suprême de l'homme pour obtenir par la grâce divine l'éternelle union à Dieu.
L'espérance est fondée sur la certitude de foi dans la parole de Dieu en la personne de son Verbe incarné.

La **charité** est l'amour de Dieu et de son prochain pour l'amour de Dieu
La charité est l'amour de Dieu et du prochain comme créature de Dieu.

A la fin des temps, à mon retour dans la gloire de Dieu, seul subsistera la charité.
La foi disparaîtra car tous me verront de l'Orient à l'Occident. Ma présence sera révélée à chaque présence. La foi sera remplacée par la certitude.

L'espérance disparaîtra car tout sera accompli. Il n'y aura plus à espérer car nous serons dans la Béatitude, en Dieu et avec Dieu.

La charité subsistera car c'est l'amour de Dieu et de son prochain pour l'amour de Dieu.

A la fin des temps seul l'Amour subsistera.

Un jour il se trouvait sur la place du temple. Voyant des prêtres dans la foule qui l'écoutait, il dit :

Je vais vous enseigner **de la religion et de la relation de la créature au Créateur.**

Celui pour qui le culte est une porte d'église à franchir n'a pas encore visité le temple de son être. Vous êtes le Temple de Dieu.
Dieu voudrait-il demeurer dans un bâtiment mort peuplé d'absence plutôt que dans un corps vivant peuplé de votre moi ? Non, Dieu est la Vie, relation de Vie.

La religion ne doit pas être un temps ou un lieu, elle doit être votre vie même. La religion doit être toute réflexion et tout acte. Elle doit être un émerveillement jaillissant sans cesse de l'âme vers celui qu'aucun nom et aucun lieu ne peut contenir.

Partager vos heures entre Dieu et vous-mêmes revient à partager vos heures entre Dieu et votre absence. Car vous venez de Dieu et vous allez à Dieu.
Partager vos heures entre votre âme et votre corps vous divise.
Unifiez-vous et utilisez votre corps pour hisser votre âme au sommet de pureté. Car les heures vous sont données pour combler l'espace entre votre moi propre et votre moi divin.

Si vous voulez connaître Dieu n'allez pas vers les docteurs et les sages mais venez et voyez avec le regard émerveillé d'un jeune enfant.

Vous le verrez dans la vapeur matinale des aurores et dans la caresse des premiers rayons du soleil. Vous le verrez dans le moutonnement des nuages et dans la pluie source de vie.

Vous le verrez dans le sourire d'une fleur et dans la majesté des arbres. Vous le verrez dans le chant des oiseaux saluant le jour et dans l'agilité du chamois sautillant de rocher en rocher.

Mais vous le verrez surtout dans le nouveau-né tétant sa mère et dans le sourire confiant d'un enfant. Vous le verrez dans un regard d'amour posé sur vous et dans la caresse d'amour que vous posez sur les autres.

Vous le verrez là où est la vie car il est la Vie.

Et il dit :
Parlons de la prière.
Vous priez quand vous êtes dans la détresse et le besoin.

Vous priez lorsque vous ne pouvez plus satisfaire à vos besoins par vous-mêmes. Vous priez dans votre détresse mais non dans votre désespérance.

Priez votre Dieu dans l'espérance. Priez avec une ferme volonté dans vos demandes. Priez-le avec la confiance que ce Dieu qui est l'amour en acte veut le meilleur pour vous.

Puissiez-vous prier en l'absence de tout besoin et de toute détresse. Louez votre créateur à chacune de vos respirations. Que votre respiration devienne prière et que votre prière soit incessante. Que votre prière devienne respiration pour le monde.

Contemplez votre Créateur dans tout ce qu'il a créé. Adorez votre Dieu pour ce qu'il est. Remerciez votre Créateur dans la plénitude de votre joie.

La prière est la dilatation de votre moi propre vers vos frères humains. La prière est la dilatation de votre moi propre vers votre moi divin.
Puissiez-vous prier dans la présence à votre moi divin. Puissiez-vous prier en étant présence à ma présence.

Quand tu veux prier ton Créateur présent dans le secret, rejoins-le dans le secret.

Prier sans vous lasser. Prier est une nécessité vitale car elle vous met en relation avec celui qui Est et qui vous maintient dans l'existence. Prier est votre respiration et la respiration du monde.

Le croyant peut vous témoigner de son expérience de sa relation à Dieu mais vous demeurez seul face à Dieu. La relation à deux ne peut que vous engager personnellement.
Même si un croyant vous amène au seuil de Dieu, vous demeurez seul dans votre liberté à franchir le seuil.

Dieu veut être en relation direct avec chacun de ses enfants.

L'Élu observa un enfant près de lui qui dessinait sur le sol. Il s'agenouilla et s'assit sur ses talons pour se mettre à sa portée.

L'enfant, reconnaissant un des siens, lui tendit sa craie et lui dit : « **dessines-moi l'amour** ».

L'Élu lui dit : L'amour ne se dessine pas.

Il se releva pour parler à l'enfant et rejoindre la foule et leur dit :

L'amour ne s'enferme pas dans un dessin ou dans un mot.

Vous voulez posséder l'amour selon votre habitude de posséder mais c'est l'amour qui doit vous posséder.

L'amour c'est le souci de l'autre avant le souci de soi. L'amour est un abaissement. L'amour est une dépossession de soi pour l'autre et une dépossession de l'autre pour soi.

L'amour n'est pas une personne mais une relation entre deux personnes.

L'Élu embrassa la foule du regard. Son regard se posa sur les blessés de la vie. Son silence tomba sur eux pendant quelques secondes. Sa voix coula alors comme l'eau claire d'un ruisseau :

Si l'Amour vient à vous, ouvrez grand votre cœur. Car il n'y a que l'amour, l'amour et l'amour qui peut guérir vos blessures connues ou inconnues.

L'amour aspire au ciel vos branches les plus délicates préparant votre devenir. Il visite le robuste tronc de votre être accompagnant votre présent. Il secoue vos plus profondes racines de leur emprise à la terre guérissant votre passé.

L'amour vous fait croître en vous élaguant. L'amour vous épure de ce qui n'est pas vie en vous.

Vous êtes grain de blé à l'image de Dieu, pain de vie. Vous n'êtes pas encore accompli. Vous êtes appelé à la transformation pour devenir partie constituante du pain de vie.

L'amour vous rassemble comme des gerbes de blé.

L'amour vous bat pour vous libérer de votre écorce. Il vous met à nu et vous révèle à vous-mêmes.

L'amour vous broie jusqu'à la blancheur. Il vous rend souple et malléable.

L'amour vous pétrit avec les autres grains de farine. Il vous unit aux autres pour constituer une pâte.

L'amour vous expose alors à son feu sacré pour devenir partie intégrante du pain de Vie.

Votre manque d'amour ne vous permet pas d'être en la présence sacrée de la Vie.

Réalisez-vous dans votre moi divin votre pouvoir d'aimer sans limite ?

Votre amour est concentré au centre de votre être. Il vous dit, au-delà de toute pensée et acte d'amour, que l'amour est infini car l'amour est Dieu.

Toute activité est futile sauf s'il y a l'amour. Car l'amour tisse les liens de votre être à votre être, de votre être aux autres êtres, de votre être à Dieu car Dieu est amour.

N'oubliez pas de dire votre amour car, enfermé dans votre apparence, votre prochain voit votre aspect et difficilement votre présence. Quittez votre apparence et les voiles de votre cœur pour clamer votre amour.

N'attendez pas la séparation pour découvrir, derrière les rideaux, la profondeur de votre amour. N'attendez pas d'être loin par le corps pour être proche par le cœur.

Quand l'amour est silencieux votre cœur ne cesse d'écouter son cœur. En amour, toutes les attentes, toutes les pensées, tous les désirs sont partagés sans mots, dans une joie muette.

La connaissance qui va de l'apparence à la présence s'approfondit. La connaissance est parfaite quand elle devient entendement. Le discernement qui va de la compassion à la miséricorde se perfectionne. La compréhension est parfaite quand elle devient l'amour. L'amour atteint sa perfection quand deux volontés deviennent une.

Dieu est l'acte même de se donner.
L'amour ne donne que de lui-même et l'amour ne prend que le retour de lui-même.

L'amour ne possède pas car il est tout ce qu'il a.

L'amour n'est pas possédé car il est et ne doit l'être à personne.

L'amour est la gratuité et la liberté.

L'amour se suffit à lui-même.

L'amour n'a d'autre désir que votre accomplissement.

Quand vous aimez, Dieu est dans votre cœur, et vous êtes dans le cœur de Dieu.

Car Dieu est Amour et l'Amour est Dieu.

L'Amour cherche les heures à vivre et non les heures à « tuer ».

L'Amour cherche la révélation de son propre mystère.

Il dit encore :
Le **Royaume de mon Père** est pour chacun d'entre vous si vous le désirez vraiment.

Les rivières tumultueuses, parfois après un long périple, rejoignent l'océan de leur immobilité. De même dans le Royaume vous trouverez mon repos pour l'éternité de vos jours après les vicissitudes terrestres de votre vie.

Un cours d'eau n'est jamais qu'une goutte d'eau dans l'océan mais si elle n'était pas là, elle manquerait à l'océan. Car mon Père veut que je ne perde aucun de ces petits qu'il m'a confiés.

Il dit encore :
Je suis envoyé par mon Père pour réaliser l'alliance du Royaume de Dieu avec le monde des hommes.
Je suis l'arc en ciel qui réunit le ciel et la terre. Je suis la nouvelle alliance de tout homme avec Dieu.
En moi se réalise la nouvelle alliance de Dieu avec l'homme, car je suis pleinement homme et pleinement Dieu.

Je suis le chemin, la vérité et la vie.
Je suis le chemin qui mêne au Père.
Je suis la Vérité car je Suis.
Je suis la Vie car je suis celui qui Est avec mon Père et le Saint-Esprit.

******

La pâque juive

Et le jour de la **PÂQUE JUIVE** s'approcha.

Un sage lui dit : « Béni soit ce jour et ce lieu, où ton esprit parle. »
Il répondit :
Est-ce moi qui parle ? Est-ce vous qui écoutez ?
En vérité je vous le dis, ce n'est pas moi qui parle et vous qui écoutez, ce sont nos esprits qui communient dans leur présence.

Un sage reprit : « Il est bon que nous demeurions auprès de toi. »
Alors son cœur s'ouvrit et se dilata au monde.
Il répondit : Amours de ma vie, de mon éternité…
J'ai marché le jour au milieu de vous. J'ai prié la nuit pendant votre sommeil. Je suis entré dans vos maisons partager le pain et le vin. Je vous ai dit : Aimer votre Dieu et votre prochain de tout votre être.
Mais l'heure vient et elle est déjà là où il me faut vous quitter.

Le sage lui dit : Tu nous quittes déjà.
Il leur dit : Voilà plus de trois ans que je chemine par monts et vallées sur vos sentiers et vos routes. Voilà plus de trois ans que je vous parle du royaume de mon Père et vous ne comprenez pas.
L'heure vient et elle est déjà là, où il me faut retourner vers mon Père.

Le peuple qui le suivait unanime s'écria : « Nous voulons vous suivre. »

Il leur dit alors :

Pouvez-vous boire à la coupe de l'amertume ? Là où je vais, vous ne pouvez aller. Avant de retourner au Royaume de mon Père, il me faut accomplir sa volonté jusqu'à son achèvement. Il me faut vaincre tout péché, toute souffrance et vaincre la mort elle-même.

Vous avez navigué dans mes rêves. Vous êtes demeurés dans mon cœur. Mais voici l'heure de ma métamorphose, l'heure où vous me croirez vaincu par la mort mais je serai victorieux par ma Résurrection. Mon crépuscule sera mon aurore et votre aurore. Non pas l'aurore d'un jour nouveau mais l'aurore d'un monde nouveau. Certains me verront transfiguré.

Je vous ai montré le chemin pour vaincre le péché. Je vous montrerai le chemin pour vaincre les conséquences du péché.

La foule lui dit : « Ne nous quittes pas… »

Lui continua à parler :

Nul ne peut avoir d'amour plus grand que de donner sa vie pour ses amis.

Amours, il me faut mourir pour que vous puissiez vivre. Mais ne vous attristez pas. Le troisième jour, je reviendrai à la vie en vainqueur puis j'irai vers mon Père et votre Père.

Et si le plus grand silence m'enveloppe maintenant ou demain n'oubliez pas que même si l'univers passe mes paroles ne passeront pas.

Un matin, il se trouva sur la place du village et leur dit :

Encore un peu et vous ne me verrez plus ; puis, encore un peu et quelques-uns me reverront. Ils seront mes témoins ici et au-delà des terres et des mers.

Mes petits-enfants, je ne suis plus avec vous que pour peu de temps puis je m'en vais vers celui qui m'a envoyé. Vous me chercherez et vous ne me trouverez pas car là où je serai vous ne pouvez venir maintenant.

Prenez garde, veillez, car vous ne savez pas quand sera le moment. Veillez donc car vous ne savez pas quand viendra le maître de la maison, le soir, ou à minuit, ou au chant du coq, de peur que, revenant subitement, il ne vous trouve endormis. Veillez donc puisque vous ne savez pas quel jour votre Seigneur doit venir. Ce que je vous dis, je le dis à tous : **veillez !** »

Prenez garde à vous-mêmes de peur que vos cœurs ne s'alourdissent dans les excès de table, l'ivrognerie et les soucis de la vie et que ce jour ne fonde sur vous à l'improviste, comme un filet ; car il viendra sur tous ceux qui habitent sur la surface de la terre. Veillez donc et priez en tout temps afin que vous soyez en état de vous maintenir devant le Fils de l'homme lorsqu'il reviendra au son de la trompette et dans sa gloire.

Car il n'y a rien de caché qui ne doive être manifesté et rien n'est demeuré secret qui ne doive venir au jour.

Quand vous mourrez, vous donnez l'apparence d'être mort mais cela n'est pas vrai. Là où vous irez, vous ne pouvez emporter ce corps là. Il est trop pesant, trop passible à cause du péché.

Lorsque vous mourrez, votre présence retourne vers son Créateur.

Moi, après ma résurrection, je serai revêtu des quatre dons et je pourrai monter au Père avec mon corps transfiguré.

Mais l'heure ne vient pas, elle est là.

Il me faut vous quitter pour retourner au Royaume de Mon Père.

Je vous ai tout dit, je vous ai annoncé le Royaume des Cieux.

Soyez Un comme mon Père et moi sommes Un.

La foule resta suspendue à ses paroles tandis qu'il s'éloignait et gravissait la montagne…

******

Mort et résurrection

Beaucoup disent qu'il est mort.

Ses disciples racontent qu'ils l'ont vu à nouveau vivant après sa mort, ressuscité le troisième jour comme il l'avait promis.

Ses disciples témoignent qu'il était alors le même dans sa présence, mais différent dans son apparence. Son amour pour eux n'avait pas changé, mais son corps était transfiguré.

Ses disciples affirment qu'ils l'ont vu quitter notre monde avec son nouveau corps. Ils attestent qu'ils l'ont vu partir vers le ciel dans un souffle, porté sur les ailes du vent, pour rejoindre le royaume de son Père.

Moi, je ne sais pas. Mais je crois qu'il est toujours vivant. Je crois qu'il est au milieu de nous, même si nous ne le voyons pas. L'essentiel n'est-il pas invisible pour les yeux ? L'amour est-il visible ?

Moi je ne sais pas. Mais je crois que l'amour habite en chacun de nous.

Moi je ne sais pas. Mais je crois qu'il fait sa demeure en chacun d'entre nous si nous le voulons.

Comprenne qui pourra.

****